KB120741

천년의
시 0060

노을
의
시간

천년의시 0060

노을의 시간

1판 1쇄 펴낸날 2016년 7월 15일
지은이 백혜옥
펴낸이 이재무
책임편집 김연필
디자인 이영은
펴낸곳 (주)천년의시작
등록번호 제301-2012-033호
등록일자 2006년 1월 10일
주소 (04618) 서울시 중구 동호로27길 30, 413호(묵정동, 대학문화원)
전화 02-723-8668
팩스 02-723-8630
홈페이지 www.poempoem.com
이메일 poemsijak@hanmail.net

ⓒ백혜옥, 2016, printed in Seoul, Korea

ISBN 978-89-6021-282-4 04810
       978-89-6021-105-6 04810(세트)

값 9,000원

*후원 (재)대전문화재단, 한국문화예술위원회
*이 사업은 (재)대전문화재단, 한국문화예술위원회에서 사업비 일부를 지원받았습니다.

노을의 의 시간

백 혜 옥   시 집

천년의 시작

시인의 말

기차가 물금역을 지날 때
빗소리 바늘 끝에 박힌다
무명천 위에 한 땀 한 땀
바람의 무늬를 새기는 동안
수척해진 하루,

나의 시들과 메별袂別 한다

2016년 여름
백혜옥

차 례

시인의 말

제1부

제2부

제1부

젖은 달

알몸의
한 아이가
마른 숲으로 들어간다

걷고 걸을 때마다
탯줄에 매달린 달에서
노란 양수가 새어 나온다

달빛에 젖은 숲이
몸을 뒤튼다

패랭이꽃의 집

당신 만나러 가는 길
화단에 소복이 핀 패랭이꽃을 보았네

그녀 눈은 오늘도 정동 목포집
툇마루에서 광합성을 하고 있네

소주잔 부딪치며
왁자하던 사내들과
겉절이 맛나게 먹어주던 가시내

앙상한 무릎뼈 부둥켜안고
웅크린 그녀

내 마음은 늘 그녀 집에 가 사네
패랭이꽃,
적막한

가랑비 주막

술잔 위로 비가 내린다

마셔도
취하지 않고
빗방울만 몰래
막걸리 잔에 펴진다

취한 듯
가랑비가 비틀거리며
문을 나선다

멀어지는 빗소리에
주막이 젖는다

안개가 있었다

하얀 맨발로
없는 길을 걷는다

바람은 내 손에 남아 있는
당신의 지문을 지우고
귓불에 닿기도 전
따뜻했던 말들은 사라져버린다

당신과 함께
증발하고 있는
안개꽃 화분 하나

그을린 벽

계단을 오르는 벽에는
피우고 모아놓은
빈 담뱃갑이 차례차례
그을린 문장을 쌓아 놓고 있다

담배꽁초처럼 짓눌러진
그의 경전이다

그곳을 지날 때마다
저절로 숙연해져
경배를 한다

벽을 허물지 못하고
너를 허문 너

기대어 울었네

나란히 구멍을 뚫고
고추 모종을 하나씩 심는다
뿌리가 흙을 껴안을 때까지
모종은 지주에 기대어 울 것이다

뿌리를 옮겨 사는 사람들

아직 당신에게 자리 잡지 못한 나도
바람 부는 밤이면
뿌리가 들썩거린다

안개의 눈

안개 속에서는
태양도 조도를 낮춘다
너무 밝아 바라볼 수 없었던 너도
안개 낀 눈으로 보니
수묵담채로 얼룩진 상흔을
드러내놓는다

손톱 끝에 울다

휘어진 손톱 위에
봉숭아를 얹는다

손톱 끝에서
첫사랑이
빨갛게 운다

그녀의 사모아

그녀의 넓은 이마에는
타이티
고갱,
붉은 흙으로 빚은 여인들이
훌라 춤을 추고

사모아 사모아

그녀의 깊은 눈에는
얼음장 갈라지는 소리 들으며
강 건너왔을
가느다란 발목에 신겨진
붉은 눈물

사모아 사모아

숱 많은 그녀의 머리카락에는
꿈틀거리는,
태양불처럼 꿈틀거리는
원시의 낙원

그림자의 뼈

시든 그림자가
흔들린다

목이 긴 화병처럼
그녀는,

우두커니가 된다

그녀의 그림자
끝에 와 닿는

눈먼 나비 한 마리

속을 점점 비워가는
그림자의 뼈

들리지 않는다고 소리가 없는 것은 아니다

울음을 다 비워낸
새의 부리 속에서는
더 이상 소리를
길어 올릴 수 없었다

공중에
소리로 새겨둔 길도
서서히 지워져 갔다

발톱에 끼어 있는
적막한 발자국

새는
조금씩 몸을 동그랗게
비워가기 시작했다

넓어진 뼛속에서
태양의 알껍데기를 깨고
중심으로 돌아가는
새의

발소리가 들렸다

식은 여자의 방

식은 김치전을 데우는 여자
지는 꽃잎에 젖어 있다

달군 프라이팬에
식용유 몇 방울 떨어뜨리면
축축해진 눈처럼
기름이 프라이팬에 번진다

지글거리며 익는 밀가루 반죽
뒤집개로 다독,

바람에 발효된 골목
젖은 옷을 입은 여자가 간다

여자를 따라온 햇볕이
그녀 발등을
쓰다듬고 있다

젖은 옷이 말라간다

장미의 시

장미꽃 흐드러진 한낮입니다
꽃잎 하나를 뜯어
입 속에 넣어봅니다

밑가지에 기대
윗가지 올리던 안간힘으로
피어난 꽃,

목 안으로 붉은 즙이 흘러듭니다

하루가 간다는 건 이렇듯
한 모금 붉은 박동을
쓴 약처럼 삼키는 것

봄의 억양

성남동 갔던 제비 돌아온 노란 밤
제비꽃 피어
라일락도 피었지

기다리네

미술잡지 외판원
키 작은 아저씨
그 봄 뼈의 빛

로트렉의 빛 내밀던 낮
내 눈은 멀어갔네
마른 이마가 더 마르네

저녁 그림자

그가 떠난 자리에
서둘러 수선화 화분을 들여놓았다

봉우리마다 맺혀 있던
노란 꽃이 지고
빛이 들지 않은 그곳에서
꽃대만 멀겋게 길어졌다

나의 목도 가늘어지고 있었다

창밖 나무 사이로
어둠이 길게 흘러내렸다

장인의 손

길가가 아니었다면
나무 등걸인 줄 알고
그냥 지날 뻔 했다

누더기 더미 밖으로
발갛게 움직이는 손

뭉툭해진 칼끝으로
무심히 벗겨놓은 마늘
한 켜 한 켜
뽀얀 속살 드러내는 쪽파

미동 없는 그녀 얼굴
움직이는 것은
오직 손뿐

약국 앞 좌판
오래된 장인의 말씀이
작은 칼끝에서 흘러나온다

오로라

온 세상 밤이 되고
신의 영혼이 춤추는 시간

나는
그곳으로부터 왔다

당신과 나의
서로 다른 극이
탯줄 하나로 묶여 있던 곳

독거

오래된 얼룩이 사는
그녀의 방

낡은 가방 손잡이
올 풀린 지문들

금이 간 거울 속
창백하게 고여 있는 그림자

천 개의 계단을 오르내렸을 그녀는
어느새 가파른 주름으로 남았다

닳아버린 여자의 손을 잡고
오래된 맥박이 걸어가고 있다

몬드리안의 밤

격자무늬가
출렁이고 출렁인다

선에 막혀 있던
빨강 파랑 노랑이 뒤섞여
풍경들을 덧칠한다

그 아래,
밤이 운다

제2부

낙타와 거위

갈증은 갈증을 낳고
소리는 소리를 낳는다

구름이 달을 핥는 동안
낙타는
거위의 울음을 싣고
고비사막을 걸어야 했다

모래주머니에서
흘러나온 울음은 천 개의
주름을 만들어놓았다

월요일의 연주회

흐려진 창
입김을 불어 닦아내고
나뭇잎 주위를 맴도는 바람에
나의 눈도 흔들리고

어르고 달래서
뼛속을
비우고 채우고

그 울림통 안에서
새 가지와 연두 잎을 틔우고

변주였나

빈 오선지를 끌어다
나이테를 만들고
나를,
음표처럼 매달아 둔다

무연히

네 마리의 거위
날개 하나의 거리를 두고
발자국으로
서로의 간격을 재면서
뒤뚱거리며 걷는다

바람이 오전과 오후의 틈으로
다녀가는 동안
꽥꽥거리며
날갯짓을 한다

초록 물 가득한 둠벙
물과 땅의 출렁이는 경계를
무연히 바라보는
의자 하나

발굽

봄 축제가 열린 청계천
꽃마차를 끌던 말
가쁜 숨 몰아쉬던 말
움푹 파인 눈
엉성하게 빠진 갈기
발굽 닳아 넘어지던 말
트럭에 실려 사라지던 말

말의 울음 떠올리며
그녀,
두꺼워진 제 발굽
물에 담가놓고
오랫동안 울었다

쪽배와 어머니

매생이 한 줌 찬물에 담그자
부엌은 푸른 남쪽 바다가 된다
새벽마다
파도와 바람 위에
쪽배를 띄우던 어머니

주름치마를 입는다

벽에 걸린
회색 주름치마
오래전,
그가 보내 온 쪽지를 펴듯
주름 한 자락 펼친다

깊게 떠밀어 보냈던
반딧불이 사라진 별

바람 부는 날이면
치마처럼 주름지던 골목
저녁의 억양 몰려든 벽

조용히 허물어지고 있다

멍하니

병원 뒤뜰에 서 있는 장의차
멍하니 앉아 바라보는데
검은 바람이 순간 지나간다

오디 열매 두 손 가득
쥐어주던 친구
눈빛 속에 사라지고,

깊은 그림자 발 아래 늘어진다

접시에 둘러앉아

막국수 집에 모여 앉아
녹두 빈대떡을 부친다
빈대떡에는
돼지비계 기름이 적격
우리들의 대화
무쇠 솥뚜껑에
우둘두툴 지글지글,
그러나
사는 것이 그렇듯
둥글고 바삭하게 빈대떡 부쳐내기가
어디 그리 말처럼 쉬운가
센 불 약한 불
얼굴 벌겋게 부쳐낸
녹두 빈대떡 한 장
즐거운 접시에 담아놓는다

칼 끝

볼륨을 한껏 높인 채 달리는 유람선
배를 따라 모여든 갈매기
그중 한 마리는
던져주는 먹이에
도통 관심을 보이지 않는다

칼날 같은 부리를
예리하게 갈아대며
마지막 순간을 낚아챈다

밀물과 썰물 교차하는
갈매기의 날갯짓 속에서
하늘이 출렁이기 시작했다

아버지의 골목

흐린 날 저녁
술 취한 그림자 비틀거린다
식은 웃음이 번지는 뒷골목
그, 아득한 곳

비 오고 채우고

비 오는 날
중리동 빈대떡 집에 앉아
빗방울보다 맑은 소주를
홀짝 홀짝 마신다

밀린 빨래와 청소
늘 배가 고픈 아이들
된장국과 김치를 원하는 남자
잠시 떠올리지 않는다

평생 녹두전을 부쳐도
둥글지 못한 삶

소주잔에 번지는
비의 파장을
내 안에 한 잔 한 잔 쌓는다

그늘을 밝히다

눈비에 묶여
발자국도 잃어버린 사람

그 사람 당신이신가

나무 그늘을 밝히며
오늘은
수수꽃다리 향기로
사월을 걷고 있습니다

늦은 장미

늦가을
아파트 담장
앙상한 덩굴 끝
피어 있는
장미꽃 하나

한여름 꽃송이들
앞다투어 피고 질 때
햇빛 한 점 들지 않은
무성한 잎 그늘에서
아랫입술 꼬옥 깨물며
때를 엿보다
잎들 다 지고 나서야
얼굴 내밀었다

시린 바람 들고 나는
나의 손금에
붉은 시 한 송이

연꽃의 잠

해가 이울면
백련은 다시 빈 대궁 속에
바람을 안고 가만 잠이 듭니다

늘 진흙 뻘을 헤매던 발
이불 속에 묻어두고
한 꺼풀 얇아진 얼굴
질 듯 말 듯 출렁이는데

잠든 어머니 얼굴
무연히 바라봅니다

첫사랑

4
속눈썹에
고드름이 맺힐 때까지
너를 기다리는 것

5
눈동자 속의
모든 풍경이 지워져도
마지막까지 남아 있는 것

6
안개 가시 하나
목에 걸리는 것

얼룩진 자화상

구름 연필로
머리카락과 속눈썹을
또 동공을 그릴 때
그 속으로
새벽이 빨려 들어가고 있었다

조그만 손
손톱이 자라고
머리카락이 잘려 나가는 동안
비가 오고

얼룩 자국만 남기고
사라진 그녀

섬이 된 사람

염소는 혼자서 먹구름을 뜯으며
몸속에 어둠을 쌓고 있다
꽃들은 빛깔도 없이 그늘에 타들어간다
마당가 해당화 너를 노래할 때
유리처럼 깨진 빗방울이
가슴에 떨어져 박힌다

배나무 집에 배는 없다

계족산 입구 배나무 집
푸성귀에 된장 한 숟갈 써억썩 비빈다
마알간 쌀 동동주
태양보다 붉은 얼굴이 출렁인다
배나무 집에 배는 없다

들마루에서 도란도란
난닝구를 까뒤집은
취한 배들만 익고 있다

제3부

무등산

무등이 거기 있었다

세 여자 똑같은 조끼를 입고
도란도란 걸었다

그때까지 왜 무등인 줄 몰랐다
서석대에 오르니 먹구름
그것도 아직 모르냐며 부라린다

핑 다람쥐
바람에 깎인 바위들이
반짝이는 곳
세상의 일등 이등 삼등이 이 산엔 없단다

내려올 때 짐은 가벼워지고
새 몇 마리 갈증 달랠 만큼 물 남았다

불 꺼진 정류장

할머니 젖꼭지 같은 구기자 열매
겨울 눈 속에 매달려 있다

버스를 기다리는 사람들
모두 똑같은 방향을 보고 있을 때
나무둥치 발로 툭툭 차고 있는
한 사람 있다

막차 끊긴 정류장
가로등도 꺼지면
나무 아래로 검은 그림자들
발자국도 없이 모여든다

웅크린 채 앉아 있는 사내
가느다란 막대기 집어
거쳐 온 노선도를 그린다

돌아오지 않는 새

눈동자 초롱한 참새들
포로롱
날아갔다 돌아오고
돌아왔다 날아간다

신촌 경로당 정자엔
노인 홀로 물끄러미 앉아서
참새들 날갯짓하는 방향으로
눈길을 옮긴다

날아갔다 다시
돌아오지 않는 참새 한 마리
노인의 눈 속에 젖어 있다

새벽

불 켜자 더욱 어두워진 창밖

기차와 불 켠 내가 한 몸이 된 시간

거역할 수 없는 계절에 이끌려

내 심장에 붉은 기적 소리만 남겨놓고

점점 희미해지는 바로 그것

내 집은 저 멀리

새벽 기차가 지나가는 진동 끝에 있다

딱딱한 눈물

사열하듯 서 있는 메타세쿼이아 가로수
배꼽 아래 혹 하나 내민 나무가 있다
날려버리지 못한 몸속 진물
한 방울 한 방울 쌓여 굳어진 살갗
물관을 오르지 못해
덩어리가 되어버린 저것,
가끔 바람이 빈 가지 끝에
머물다 속살거려도
남루 들키지 않으려
껍질 더욱 단단해진 종양

그 나무 끌어안고
한참을
가슴으로 문대다 가는
사람 하나 있다

가로가로 나무의 억양

해진 옷에 헝겊 덧대 박음질하듯
여기저기 판자로 기운 집
깊숙한 곳에 웅크린 그녀

갈퀴처럼 굽은 손으로
자식에게 먹이려고
감자전 모양 다독이고
다독이는 어머니
현기증 나는 눈동자
가로가로 흔들리는데

돌아서 걸어온 길 십수 년
쇄골 깊이 백인 옹이 품고
나이테마다 뿌리 내린
가로가로 나무

부고

갈대숲에서 그의
수런대는 울음을 들었지

구멍구멍마다 무덤을
헤매고 있는 게걸음처럼

장지에 다다른 그의 눈은
질척한 뻘이 되어 있겠지

문자 메시지로 전해진
그의 눈물 한 방울

갈대숲이 하얗게 뼈 가루를
뿌리고 있었지

순간

아파트 주차장 트럭 짐칸
밤새 내려앉아 창백하게 쌓인
백일홍 꽃잎

저 꽃잎 파묻혀 푸른 트럭을 타고
구름 따라 들로 산으로
하루 동안 돌다가 어둠이 이울면
노을과 함께 돌아왔으면,

저녁 7시

저녁 안개 속에서
고요한 죽동마을
어린이집도 있고 가든도 있고
불빛도 하나, 둘, 셋,
담장가의 오이가
물을 깊이 빨아들이는 시간

건널목 저편에
껍질 벗겨진 가로수처럼
버스를 놓친 내가 서 있다

모자상

소나기 훑고 간 길 뒤따라가다
문득 길가 석고상 앞에 멈췄습니다

나 아기 품고 젖 물리던 때,
그 아기 넌지시 바라보는
아주 오래전 엄마를 만났습니다

오물거리는 입술
맑은 눈망울 속에서
우주를 안아보던 때
엄마의 눈자락에는
눈물 한 방울
반짝 빛나고 있었습니다

백팔번뇌

개똥도 헌신짝도 신문 조각도 뒹구는 길

어린애 강아지 아이 업은 엄마 목발 짚은 남자
노파의 유모차 택시 버스 트럭이
일으키는 바람도 따라가는 길

우산 없이 여우비도 함께 가는 길

첫눈

눈 쌓인 언덕에서 뒤돌아본다
누군가 사각사각 따라오다가 멈추고 발자국만 남았다
새삼 이것은 영혼의 무게라고 믿어지는 새벽이다
나는 눈처럼 가볍고
성당 가는 길은 아직 한참 남았다

물안개

저이는 왜 옷자락이 한없이 긴가

호수는 옷자락 속에서
깊은 울음을 울고
나무들은 물방울이 맺힌 채 우는 법을 배운다
풀숲 어딘가 뱀의 비늘 스치는 소리

나는 지금 이 낯설고 묵직한 아침이 두렵던가
물안개처럼 부서져버린 당신의 차가운 눈빛

비둘기와 나

나뭇결 식탁 앞에
앉아 있다가
문득,
창밖 초록 지붕 위
비둘기 한 마리와
눈이 마주쳤다

점심시간을 벗어난 미시未時
무심코 흘린 밥알 하나가
딱딱한 바닥에 말라붙어 있었다

안부

겨울 지나 돌아온 철새들 부리에는
남쪽 바닷가 파도 소리 여전한가

어머니 등에 내려앉은 한 줌 햇살은
한나절 내내 그대로인가

손톱 밑 가시처럼 아픈
어머니 눈물방울

올해도 지나는 길 바람이 데려올 텐가

떠나온 집이 그리울 땐
어제보다 핼쑥해진
거울을 보고 말하자

노을의 시간

한 아이가 달려가고 있었다
솜사탕 같은 구름을 바라보다가
그만,
넘어지고 말았다
살점이 움푹 파인 무릎
한 문장의 피가 흘러내렸다
아프다는 것,
붉은 피와 눈물은 통하고 있었다

첫사랑

1
당신이 안 보이니
나도 서서히 지워집니다
국수나무 꽃 같은 사람

2
그 자리에 있었네
자귀나무 아래
빛바랜 꽃 무릇

3
손톱 끝에
내려앉았다
이내 사라져버리는

바람이 분다

초승달 끝에 매달린
풍경소리
바위 속까지 환하다
테두리만 남은
아버지 목소리가
달빛처럼 내 안에 번진다

빛바랜 쑥부쟁이

훅,
바람이 불자
향기도 없이 머리카락 날린다

이마 행간마다 드러나는
유년의 내력

황소 고삐 줄 끌고 가다
끌고 가다 주춤,

어느새
쑥부쟁이만 두 손에 가득했다

두름 속 시든 햇빛 들추니
소복이
꽃의 문장들 쌓여 있다

조각달과 눈사람

겨울 들어찬 눈밭에
다독이고 굴려 눈을 뭉친다

마음이 식은 사람

눈사람 속에서
아이 하나 달음박질로 떠나간다

그림자 길어진 자작나무 사이
그렁그렁,

바람을 물고 있는
월하천을 지나왔다

제4부

달팽이

멀리서
눈 감고서도 알 수 있었다
새벽녘의 바람과
풀잎 사이로
아침을 끌고 가는
그녀의 더딘 발걸음
순간,
지구의 자전도 느려지고 있었다

눈꽃

향기도 없이
유리처럼 차가운 그녀
사람의 마음을
얼렸다 녹였다,
손톱 끝에
제 무늬 새겨놓고
이내 사라져버리는

아이와 붉은 겨우살이

한겨울
홀로 푸른 가지
거센 바람에도 부러지지 않는
공중의 작은 꽃,
붉은 열매

어린 아이는
아버지의 주검 앞에서
눈물이 무엇인지 모르고

나뭇가지에 내려앉은 새들
붉은 문장 한 줄 새겨놓는다

식은 밥

정물처럼 낯설고 어색하게
놓여있는 너를 본다

누군가 너를 입속에
오물오물 넣었더라면,

물을 붓고 끓이며
딱딱한 너의 어깨를 풀어놓는다

겨울이 분다

돌아오지 못한 무수한 꽃잎들
헤아리기에는
바람의 속도가 너무 빠르다고
벽에 대고
바랜 입술로 이야기한다

메타세쿼이아 끝에 반짝이는 별

창문 앞을 서성거리며
오랫동안 바라보게 되는 것은

그 안에 아직 불러보지 못한
음표 하나 걸려 있기 때문이다

숨길

바람

몸속 구멍으로
들숨 날숨 드나들고 있지

너와 나의 시린 눈빛
겨울과 봄 교차하듯
무심히 스쳐간다

산다는 것

납관納棺

눈꼬리 올리지 못하던

그 여름 동백꽃

연지 곤지 찍고

평생 처음 꽃상여 타고 가네

서천西天 가는 길

뚝뚝 동백꽃 지고 있다

내 마음에만 핀다는 동백꽃

그 여름에 보았네

느티나무의 억양

찬바람은 예고 없이 불어왔다
나뭇잎 살비듬처럼 우우 떨어지고
가지들이 속눈썹처럼 뾰족하게 떨었다

어느 날
우듬지에 앉아 새들 울음하는 소리 들렸다
어떤 날은 크고
어떤 날은 속삭이다 속삭이다 가곤 했다
작은 깃털들 뽑아
둥지 만들었다

막혔던 숨길이 제 억양을 찾았다

수피 쪼아대며 견디던 시간도
관절이 부러지던 아픔도,

부러진 관절에서 솟아난 새순
나는 연두라고 했다
그 어느 날

가을을 삼키다

무채색으로 내가 들어가네 흔들,

서걱서걱 걷고 있는 구름

가을을 삼킨 저 나무 무채색에 덮이네

춤의 억양

치맛자락 살짝살짝
들어 올리며 발을 접었다
폈다 캉캉 춤을 추는 아이
유치원 학예회
입술에 빨간 루즈를 바른 아이
가쁜 숨을 몰아쉬는데
엄마는 캉캉 박수를 쿵쿵 보내고
주름 속으로 들어간다

모래 위에 서 있는 캉캉 다육이
주름 한 자락 접었다
펼치면 꽃이 피어날까

녹지 않는 달

커피 드립퍼에 필터 올려놓고
아라비카 두 잔 분량을 넣었어

함께 마셔줄 사람 없지만,

티눈 박인 발
하얀 맨발의 당신
낙엽으로 지지 않네

커피 향 짙은 시월

달은 녹지 않고
쓴 하늘만 마시고 있네

드디어,

묵언수행으로
단단해진
담배꽁초들을 모아
불을 놓는다

화르르 화르르

그래 너도,
한 번은 꼭 한 번은
꽃을 피우고 싶었던 것이다

빠끔빠끔 꽃몽오리만 올리다
짓눌려버린 어깨를
한 번쯤은 활짝
펴보고 싶었던 것이다

먼 가을

가을이 높아서
마음이 마음을 울고 있네
창백하게 울고 있네

함께 있었지 우리
꽃구경 갔지
비가 오는 날,

흔들리는 국화꽃이
흔들리는 국화꽃이
색, 색 ,색 숨이 막혔네

비 길게 내리고 꽃
말라 가네
가을이 더 멀어지네

먼 곳

먼데서,
이른 새벽 아궁이에
밑불을 만드시는
아버지의 붉은 얼굴

뒤꼍에 잉잉 울던 대나무
굽은 손으로
불에 휘고 달구어
살가죽 같은 말간 창호지 붙여
연을 만들었지

추수 끝난 논바닥
움푹움푹 패인 발자국
논배미에 뒹구는 우렁 껍질
아버지 고무신 한 짝

황소자리 별
뿔에 매달린
연 한 채

동창회

어떤 이는 변성기가 지나지 않은
목소리로 노래를 하고
어떤 이는 침침해진 눈으로
텔레비전을 보고
어떤 이는 유년과 중년의
모습을 섞어 화투패를 돌리고
그 사이에서
한 잔 또 한 잔

달을 비운 하늘과
메타세쿼이아 바람과
들국화 꽃잎 향기가 버무려진 밤

얼굴은 따로 늙어가도
함께 두근거리는 가슴

붉어진 눈

창문 너머 보이는 저곳
늘어진 전깃줄 한 가닥

참새 세 마리 휘리릭
앉았다,
날아간다

다시 날아와
뒤로 또
앞으로 돌아 앉는다

전깃줄 아래
바람이 살랑거린다

나는 전깃줄에 맺혀 있는
노을을 눈에 넣는다

길

달팽이처럼 느리게
너에게 닿고 싶다

그 아득한 곳

두 개의 맛

길모퉁이 담장 너머
흰 점박이 보리수 열매
아득히 하늘에 밟힌다

작은 손 가득
제 웃음소리만큼이나
새콤한,
보리수 펼쳐 보이던 친구

가지가 늘어지도록
그녀의 기억도
점점 무거워지는데

제재소 지나 길모퉁이
나는 붉은 보리수처럼
시큼한,
물의 열매를 매달고 있네

낙타가 넘어졌다

저만치 나뒹구는 교통카드와
가슴 밑에 깔린 짐 보따리
벗겨진 무릎 살갗에서 배어 나온 벌건 피

버스를 향해 가다가
그만,
넘어지고 말았다
화들짝 바람 소리와 사람들의 웅성거림이
소란하게 들려왔다

천천히 일어나 먼지를 턴다

내리쬐는 팔월의 해가
비지땀과 먼지가 범벅된 그녀 등을
따갑게 훑고 있었다

그녀 오늘도 낙타가 되어
두 개의 짐을
굽은 등에 짊어진 채
보이지 않는 길을 찾아

모래산을 터벅터벅 걷고 있다

하얀 속눈썹에
쓰린 낮달이 녹아내리고 있다

내 안의 사발 하나

그녀의 신음 소리가
사발 그물 금 사이사이에
들어앉아 있다

동지팥죽 담아 들고
마당에 나와 눈 위에 뿌려놓은
붉은 점묘화

팥죽 속의 새알처럼
말똥말똥한 아이들 눈동자
움푹한 가슴으로
담아내던 당신

내 안의 정물이 된
사발 하나

기억의 복원술

남승원(문학평론가)

1.

인간다움의 구별적 특징으로 꼽을 수 있는 것 중에는 기억과 관련되어 있는 부분들이 많다. 가장 먼저 떠오르는 인간의 언어적 능력이나 거기에서 비롯하는 비판적 사고 능력 역시 그 이면에는 '기억'이라는 원동력이 자리하고 있다. 지나가는 시간 속에서 잊혀지고 말 것들에 애써 저항하기 위한 노력의 결과이자 도구로써 인간에게는 일관된 소통 방식이, 또 그것을 정련하기 위해 일상을 유지하는 것과는 다른 사고 방식이 필요했던 것이다.

예술도 마찬가지이다. 예술의 근원과 관련된 이야기 속에는 언제나 기억이 자리하고 있다. 그림을 그리는 최초의 행위를 통해 언제 다시 만날지 알 수 없는 연인을 기억속에서나마 붙들어두고자 했던 부타데스의 이야기나, 제우스와의 동침을 통해 예술을 탄생시킨 장본인이 기억의 여신인 므네모시네라는 신화 속 이야기들이 이를 단적으로 보여주고 있다. 그렇게 본다면 인간에게 기억은 단순한 신체적 현상이 아니라, 가지고 있는 가장 강한 욕망의 형태 중 하나라고 할 수 있다. 굳이 언급하지 않아도 알고 있듯이, 우리의 언어나 예술적 표현들이 결국 내적 욕망의 발현인 것처럼 말이다. 평범하고도 일상적인 범위를 넘지 않는 백혜옥의 시 작품들이 정작 읽는 내내 우리들을 강한 욕망이 표출된 현장에 휩쓸리게 만드는 이유도 여기에서 기인한다. 말하자면 백혜옥은 '기억'이라는 눈을 가진 시인이라고 할 수 있다.

오래된 얼룩이 사는
그녀의 방

낡은 가방 손잡이
올 풀린 지문들

금이 간 거울 속
창백하게 고여 있는 그림자

천 개의 계단을 오르내렸을 그녀는
어느새 가파른 주름으로 남았다

닳아버린 여자의 손을 잡고

오래된 맥박이 걸어가고 있다

—「독거」 전문

　혼자 살고 있는 여인의 삶을 담담한 어조로 그리고 있는 이 작품에는 우리의 인식과 크게 다르지 않은 일상 속 모습이 드러나 있다. 그리고 흔히 그렇듯, 이 같은 묘사를 통해서 쓸쓸한 삶의 뒤안길에 보이는 풍경을 자연스럽게 엿볼 수 있는 것도 시적인 감동을 구성하는 중요한 측면이기도 하다. 하지만 그보다 이 작품에서 두드러지는 것은 과거에서 현재로 자연스럽게 이어지면서 '그녀'의 삶을 재구성하는 방식이다.

　시인은 "오래된 얼룩", "낡은 가방 손잡이", "금이 간 거울" 등의 소재를 나열함으로써 주인공이 그간 살아온 삶의 모습 전부를 재현해내고 있다. 말하자면 기법상 환유적인 언어 방식을 적극적으로 차용하고 있는 것이다. 그리고 환유가 언어를 지속시키는 연결의 힘 자체라는 현대 정신분석학의 관점으로 이해해보자면, 이 작품에서 지시된 소재들은 어떤 의미를 생성하고 있는 것이 아니라 보다 더 큰 의미로서 '그녀'를 구축하고 있는 셈이 된다. "얼룩"이나 "낡은 가방 손잡이"쯤은 하나씩 가지고 있는 독자들 저마다의 사연을 모두 포함한 존재로서 말이다. 이처럼 그가 풀어내는 익숙한 장면들은 제시된 것만으로도 어떤 의미를 구성하는 과정을 넘어, 읽는 이를 자연스럽게 시적 장면 안으로 끌어들인다.

　이 같은 시인의 특징은 「백팔번뇌」를 옆에 두면 보다 쉽게 이해해볼 수 있다. 이 작품은 "개똥", "헌신짝", "신문 조각"

등 의미 없이 버려진 것들이나, "어린애", "강아지", "엄마", "남자"와 같은 대상 등 "길" 위의 존재들이 별다른 수식어를 동반하지 않은 채 단어 그대로 제시되어 있다. 활용된 소재의 성격이나 단어를 나열한 형태적 모습에 이르기까지 백석의 작품에서 받은 영향을 숨기지 않고 있는 이 작품은, "길" 위에 소재들을 꺼내놓음으로써 제목이 겨냥하고 있는 대로 온갖 "번뇌"를 포함한 삶의 모습을 보여주고 있다. 그래서 만일 짧은 형태로 구성된 이 작품이 결국 우리의 삶이 가진 진면목을 드러내는 데에 성공하고 있다면, 앞서 언급한 것처럼, 그것은 바로 환유적으로 연결된 언어들의 의미망 속으로 우리 자신도 모르는 사이에 스스로를 이끌기 때문이라고 할 수 있다. 특히, 이 단어들이 각 연의 술어가 지시하는 구체적 행위들 즉, '뒹굴다, 따라가다, 함께 가다'와 대응되면 시인이 표현하고자 하는 의도는 보다 역동적으로 확산되는 효과를 거두게 된다.

백혜옥의 시는 이 같은 방식을 통해 독자들 가까이에 자신만의 공간을 점유한다. 그러나 우리가 그의 작품을 보다 자세히 들여다보아야 할 이유는 그가 환유적 징검다리들을 기억의 깊이 위에 놓는다는 점이다. 이제 다시 「독거」로 돌아가보자. 환유적으로 호출된 단어들이 시적 내용을 구성하는 단순한 소재가 아니라, 단어들에 축적되어 있는 '기억'들이 바로 '그녀'의 삶을 적극적으로 교직해내고 있다는 것을 알 수 있게 된다. 작품을 읽는 독자들의 인식까지 포함시켜 구성된 '그녀'의 삶이 시인의 담담한 진술방식에도 불구하고 우리에게 극적으로 다가오는 이유가 여기에 있다. 말하자면, 시인은 소재들에 축적된 기억을 되살려냄으로써 그 기억에 연결된 욕망들이 부딪히는 현장을 만들어내고 있는 셈이다. 따라서 "오래된 얼룩이 사는/ 그녀의 방"이라는 단순한 진술 속에서의 "얼룩"은 여인의 방을 사실적으로 만드는 의미를 넘어, 그간 이 '방'에 고여 있던 온갖 기억들을 불러내는 역할로 변모하게 된다. 이어서 등장하는 "가방 손잡이"나 "금이 간 거울", "계단" 등 각 연의 중심 소재들 역시 마찬가지이다. 이 것들은 모두 흘러간 시간을 견디고 살아남아 그간의 기억들이 응축된 결과물이자 목격자가 된다.

2.

켜켜이 쌓인 기억을 되살리는 백혜옥 시인의 이 같은 시작 방법의 중심에는 여성적 상상력이 자리하고 있다. 시집의 맨 처음에 내세워진 「젖은 달」을 보면, 이 같은 태도를 시인은 스스로 분명히 하고 있는 것처럼 보인다. "달빛에 젖은 숲"을 감각적으로 묘사하고 있는 이 작품은 앞서 확인했던 것처럼, 시적 대상인 "달"에 기억을 부여하는 방법을 통해 독자와의 공감대를 형성한다. 특히, 이때 그는 "달빛"을 "탯줄"로 연결된 달에서 "노란 양수가 새어 나온다"고 말함으로써 객관적 자연의 세계가 몸담고 있는 비정非情의 시간을 인간의 시간으로 기억해낸다. 이를 통해 우리는 이 작품을 단순히 감각적인 묘사로 표현된 장면으로서가 아니라, "숲이/ 몸을 뒤"틀

때마다 고통과 환희로 뒤섞인 채 꿈틀거리는 우리 생의 순간들로 받아들이게 된다. 기억을 품고 있는 현장에 대한 예민한 감각이나, 잊혀진 기억을 되살리는 일은 어쩌면 가장 여성적인 능력이라고도 할 수 있겠다. 이같은 시인의 능력은 현실의 고통으로 인해 점점 시들어가면서 "그림자"로만 남게 된 여인의 모습을 비워가면서도 단단해지는 "뼈"로 역전시키거나(「그림자의 뼈」), 식은 음식을 데워 먹는 일상을 살아온 여인의 "젖은"인생도 "발효"의 과정 속에 자리잡게 만든다(「식은 여자의 방」). 시인의 여성적 상상력은 이처럼 전통적이거나 아주 구체적인 여성의 삶을 만났을 때도 물론이지만, 기억을 통해 잊혀진 것들의 목소리를 되살리는 데에 큰 힘을 발휘한다. 다음의 작품에서 이를 단적으로 확인해볼 수 있다.

벽에 걸린
회색 주름치마
오래전,
그가 보내 온 쪽지를 펴듯
주름 한 자락 펼친다

깊게 떠밀어 보냈던
반딧불이 사라진 별

바람 부는 날이면
치마처럼 주름지던 골목

저녁의 억양 몰려든 벽

조용히 허물어지고 있다
— 「주름치마를 입는다」 전문

　'벽에 걸린 치마'가 바람으로 인해 펄럭이는 찰나의 순간을 아름답게 그려내고 있는 이 작품은 그것만으로도 우리에게 시적 감동을 충분히 전달하고 있다. 더불어, 앞서 언급한 시인의 특징들 역시 고스란히 드러나 있는 작품이다. 먼저 이 작품에 등장한 "주름치마"는 그것을 입고 다녔을 인물이 경험한 모든 것들을 그대로 '기억'하고 있는 중심 소재라고 할 수 있다. 따라서, 바람에 펄럭인 치마를 표현한 "그가 보내 온 쪽지를 펴듯"이라는 구절은 단순한 미사여구가 아니라 "주름치마"에, 나아가 그 치마 주인공에게 이야기를 부여하는 역할을 수행한다. 물론, 이 작품을 읽고 있는 우리들 저마다의 이야기까지 포함해서 말이다.

　백혜옥 시인이 이처럼 기억을 통해 보여주는 장면들은 "골목"을 걷는 것만으로도 그것에 마주한 일상의 삶들에 이끌려 들어가는 것처럼 적극적으로 독자들을 끌어들인다. 그것은 그대로 시인의 목표처럼 보이는데, 편리를 앞세워 거미줄처럼 얽혀 있던 골목들을 없애가는 현실에 빗대어 생각해보면 다소 아이러니하게도 느껴진다. 하지만 골목을 따라 얽혀 있던 우리의 삶이 그대로 어깨를 겯고 슬픔과 고통을 함께 나누면서 살아가는 것을 가능하게 만들었다면, 단지와 구역으로 나뉘어진 지금의 모습은 자본 중심으로 생성된 새로운 위계질서를 따를 수밖에 없는 현실이라고 할 수 있다. "골목"으로 이어지는 시인의 '기억'이 새삼 중요하게 느껴지는 이유가 여기에 있다. 그는 기억의 복원을 통해 어느새 훼손되어버린 우리들의 삶을 가장 가치있었던 모습으로 되돌리고자 노력하고 있는 것이다. 불가능하게만 보이는 이것은 사실 그저 "둥글고 바삭"한 "녹두 빈대떡 한 장"을 잘 부쳐내는 일일 뿐이다(「접시에 둘러앉아」). 그것도 아니라면 그저 술에 취한 아버지의 "비틀거"림을 추억하거나(「아버지의 골목」), 또는 "들마루에서 도란도란" 이야기를 나누는 것만으로도 충분하다(「배나무 집에 배는 없다」). 이것들은 모두 "벽"을 "허물어"뜨리고 시인의 '기억' 속에서 목표로 인해 훼손되지 않는 저마다의 이야기들이 그대로 만날 수 있는 공간을 예비하는 일과 다르지 않기 때문이다. 그리고 이 모든 의미들이 치마가 부풀어 오르는 순간을 통해서 준비되고 있다는 점에서 여성적 상상력의 힘을 잘 보여준다고 하겠다.

3.

여성적 상상력과 결합된 기억은 이처럼 백혜옥의 시에서 하나의 방법론인 동시에 의미를 획득하기 위해 반드시 거쳐야 하는 단계로도 기능한다. 무엇보다도 먼저, 「몬드리안의 밤」을 보면 시인에게 체화된 방법론이 어떻게 기존의 의미를 흔들고 그만의 새로운 의미를 구성하는지 잘 드러나 있다. 이 작품에서 시인은 몬드리안의 그림을 등장시키고 있다. 대중들에게 잘 알려져 있는 대로 몬드리안은 빨강, 파랑, 노랑의 3원색과 흑백으로만 구성한 선과 면으로 자신의 생각을 표현한 근대 추상미술의 선구자이다. 아마 지금의 짧은 설명만으로도 머릿속에 금방 그림을 떠올리는 것이 가능할 것이다.

그런데, 시인은 바로 그 몬드리안의 그림에 정면으로 맞서고 있는 것처럼 보인다. 이 지점에서 우리는 응축된 기억의 힘을 통해 이미 고정되어버린 현실의 의미들에 내재된 경계들을 허무는 시인의 특징을 시각적으로 이해하는 것이 가능해진다. 추상미술을 어떤 식으로든 로고스를 재현하고자 했던 기존 미술의 역사에 대한 반발로 이해해볼 수 있다면, 반발력을 기준으로 했을 때 현대 미술은 추상이든 구상이든 이미 그 힘을 상실해나가는 과정이라고 할 수 있다. 시인이 「몬드리안의 밤」에서 겨냥하고 있는 지점이 바로 여기이다. 그에게 가장 중요한 것은 그것이 어떤 것이든 "선에 막혀 있"지 않도록, 그래서 자연스러운 내적 욕망을 따라 "출렁이고 출렁"일 수 있는 움직임 그 자체이기 때문이다.

안개 속에서는
태양도 조도를 낮춘다
너무 밝아 바라볼 수 없었던 너도
안개 낀 눈으로 보니
수묵담채로 얼룩진 상흔을
드러내놓는다

― 「안개의 눈」 전문

    시인이 만들어낸 그 움직임을 따라가다 보면 바로 위의 작품에 드러난 인식의 아름다움을 마주하게 된다. 일반적으로 창조와 생명을 부여하는 근원적 힘의 상징인 태양도 시인에게는 오히려 "너무 밝아 바라볼 수 없"게 만드는 존재일 뿐이다. 따라서 그에게는 비록 흐릿하게 보일지는 모르겠지만 자신의 모습을 그대로 숨김없이 드러낼 수 있는 "안개 속"이 진정한 힘의 근원이 된다. 물론, 자신의 근육과 힘을 선명하게 보이는 것으로써가 아니라 그동안 숨겨왔던, 아니 오히려 "태양" 아래에서 숨길 수밖에 없었던 "얼룩진 상흔"들을 가감없이 꺼내놓는 힘으로 말이다. 시인에게 기억은 '태양'을 거절하고 스스로 '안개' 속에 유폐됨으로써 우리의 상처들을 꺼내놓고 열등에 대한 판단이 없는 세상 속에서 같이 숨쉬며 살아가는 것을 가능하게 만드는 의미가 된다.

    시인이 만들어가는 세상 속에서 산다는 것은 어쩌면 그가 만들어낸 희망을 믿는 것과 다르지 않은 일일 것이다. 상처를 확인한 뒤 희망으로 이어지는 백혜옥 시인의 시작이 갖는 궁극적인 의미는 다음 두 작품에 잘 드러나 있다.

    4
    속눈썹에
    고드름이 맺힐 때까지
    너를 기다리는 것

5

눈동자 속의

모든 풍경이 지워져도

마지막까지 남아 있는 것

6

안개 가시 하나

목에 걸리는 것

—「첫사랑」전문

1

당신이 안 보이니

나도 서서히 지워집니다

국수나무 꽃 같은 사람

2

그 자리에 있었네

자귀나무 아래

빛바랜 꽃 무릇

3

손톱 끝에

내려앉았다

이내 사라져버리는

—「첫사랑」전문

내용상으로 보자면 한 편으로 보아도 무방한 이 작품은 시인 역시 연작이라는 의도 없이 하나의 제목 아래 두고 있다. 다만, 군이 번호를 매겨 연을 구성했으면서도 시집을 만드는 과정에서는 그것을 순서대로 두지 않고 역전 배치했다는 점을 신경써서 볼 필요가 있겠다. 더구나 두 편을 같은 구성안에 두지 않고 각각 2부와 3부에 따로 두었다는 점을 눈여겨본다면, 아마도 시인은 이「첫사랑」을 통해 보다 많은 이야기를 전달하고 싶어 한다고 생각할 수 있다. 대형작품을 그리는 화가들이 종종 한 그림을 두 캔버스에 그려서 하나의 주제를 향하면서도 각각 독립된 기능을 가지도록 구성하는 것처럼 말이다.

우리가 실제로 겪는 첫사랑이 그런 것처럼, 작품의 내용은 단순하면서도 끝을 알 수 없는 막연한 슬픔의 깊이를 드러내고 있다. 그런데, 시를 읽다 보면 두 편의「첫사랑」에서 다루는 중심 내용을 따라 '첫사랑'이라는 것이 각각 '영원한 기다림'과 '덧없이 사라져버리고 마는 것'으로 구성되어 있다는 사실을 알게 된다. 그것을 조금 더 자세히 보자면, 처음의 작품에서는 각 연의 종결어미들이 명확히 하고 있는 것처럼 '기다리고, 남아 있으며, 가시처럼 목에 걸려 있는 것'이 첫사랑의 성격이라는 것이 확연히 드러난다. 다음으로 두 번째 작품은 '꽃'을 매개로 첫사랑의 대상인 '당신'을 묘사함으로써 마지막 연에서 직접적으로 강조하고 있듯이 첫사랑이란 어쩔 수 없이 "이내 사라져 버"릴 수밖에 없음을 강조하고 있다.

그러나 앞서 지적한 것처럼 이 두 편의 구성이 보다 큰 이야기를 향하고 있다는 점을 생각해보자. 더구나 '기억'을 통해 현재를 바라보는 시인 특유의 시선을 감안한다면, 그것은 '첫사랑'처럼 어쩔 수 없이 잊혀질 수밖에 없는 사건도 '기억'함으로 인해 결코 없어지지 않는 희망의 지점에 도달하게 만드는 노력이라고 할 수 있다. 따라서, 순서대로 시집을 읽어가다 보면 만나는 처음의 작품으로 먼저 '첫사랑'을 읽게 된 우리는 '기다림'을 배우게 된다. 그리고 실제의 첫사랑이 그렇듯이 갑자기 뒤에서 만나게 된 작품에서 사라져버리고 마는 '첫사랑'을 대한다고 하더라도, 이제 우리는 그것을 기억해내는 한 결코 사라지지 않은 사건으로 전환시킬 수 있는 희망을 가질 수 있게 되는 것이다. 이처럼 시인이 애써 기억해내고 있는 바로 이 희망이야말로 우리가 백혜옥의 시적 진술을 통해 도달하게 된 가장 아름다운 지점이다.